AF601200

15 et 16 Février 1909

marqué P

VENTE

des Lundi 15 et Mardi 16 Février 1909

A 2 HEURES 1/4

HOTEL DROUOT — SALLE N° 1

EXPOSITION PUBLIQUE

Le Dimanche 14 Février 1909

DE 2 HEURES A 5 H 1/2

BEAUX MEUBLES DE STYLES

de SCHMIT et de EPEAUX

TAPISSERIES — TENTURES — TAPIS ANCIENS D'ORIENT

Objets d'Art

MARBRES - BRONZES - TABLEAUX

Me GEORGES NORMAND
Commissaire-Priseur

M. ARTHUR BLOCHE
Expert près la Cour d'Appel

IMPRIMERIE ARTISTIQUE
C. CHAUFOUR
RUE MILTON
PARIS

CATALOGUE

DE

BEAUX MEUBLES DE STYLES

en partie ayant été fournis par la **Maison SCHMIT**

SALONS EN TAPISSERIE D'AUBUSSON ET EN SOIERIE

avec leurs tentures Louis XV

SALLES A MANGER RENAISSANCE ET HENRI II

Chambre à coucher Louis XVI en noyer sculpté et vernis Martin

Autre Chambre Renaissance de EPEAUX

PIANOS DEMI-QUEUE & DROIT D'ERARD

Bibliothèques, Vitrines, Bureaux, Tables, Paravent, Glaces, Meubles anciens, Sièges

OBJETS D'ART - MARBRES - BRONZES

Eventails anciens et modernes, Argenterie, Miniatures

TABLEAUX DE DIFFÉRENTES ÉPOQUES

Tapisseries, Tapis anciens de Perse et français, Tentures

DONT LA VENTE AURA LIEU

HOTEL DROUOT — SALLE N° 1

Les Lundi 15 et Mardi 16 Février 1909

A 2 HEURES 1/4

Me GEORGES NORMAND	**M. ARTHUR BLOCHE**
COMMISSAIRE-PRISEUR	EXPERT PRÈS LA COUR D'APPEL
41, Rue de la Victoire, 41	*52, rue de Châteaudun, 52*

CHEZ LESQUELS SE TROUVE LE PRÉSENT CATALOGUE

EXPOSITION PUBLIQUE

Le Dimanche 14 Février 1909, de 2 heures à 5 heures 1/2

CONDITIONS DE LA VENTE

La vente sera faite expressément au comptant.

Les acquéreurs paieront 10 o/o en sus des enchères.

L'exposition mettant le public à même de se rendre compte de l'état des objets, il ne sera admis aucune réclamation une fois l'adjudication prononcée.

DÉSIGNATION

MEUBLES

1 — Ameublement de salon composé de deux canapés et quatre fauteuils en bois sculpté et doré, dessin à fleurs et contours, couverts en tapisserie d'Aubusson à bouquets de fleurs encadrés de rinceaux, fond clair. Style Louis XV.

2 — Quatre tabourets de pieds et un tabouret de piano assortis.

3 — Deux décors de croisées en tapisserie d'Aubusson et un décor de glace, même dessin à fleurs et ornements, doublés de soie, avec embrasses et cordelières en passementerie assortie.

4 — Table de salon en bois sculpté et doré à fleurs et contours, dessus en marbre. Style Louis XV.

5 — Petite table en bois doré, style Louis XVI· dessus en marbre.

6 — Chaise longue couverte en soie corail et réséda avec rampe de peluche.

7 — Meuble de salon en bois sculpté et doré, composé d'un canapé et quatre fauteuils couverts en tapisserie d'Aubusson, dessin à fleurs, fond crème, contrefond réséda. Style Louis XV.

8 — Paravent en bois sculpté et doré à couronne et chutes de roses ouvrant à trois feuilles garnies de tapisserie d'Aubusson, dessin à fleurs sur fond crème, contrefond rose. Style Louis XVI.

9 — Vitrine en bois finement sculpté et doré de style Louis XVI.

10 — Deux chaises en bois sculpté et doré, foncées de canne. Style Louis XVI.

11 — Ameublement de salle à manger en noyer sculpté, composé d'un buffet ouvrant dans le bas à trois portes pleines ornées de balustres; le corps, du haut supporté par deux colonnettes, s'ouvre à trois portes offrant en relief des têtes de personnages; d'une table à six allonges et de six chaises cloutées de cuivre et recouvertes en cuir. Style Henri II. Travail de la maison Schmit.

12 — Glace biseautée, cadre doré, parties ajourées à rocailles.

13 — Jardinière en bambou ornée sur les quatre faces de plaques de porcelaine décorées de fleurs en polychrome.

14 — Bel ameublement de chambre à coucher en noyer sculpté, relevé d'or par partie, composé d'un lit offrant sur le devant un médaillon à peinture fond d'or genre vernis Martin, représentant une femme se regardant dans un miroir que lui présentent des amours, encadrement à guirlandes de roses; une grande armoire ouvrant à trois portes ornées de glaces biseautées et surmontée d'une couronne de feuillages, et d'une table de nuit. Style

Louis XVI. Travail de la maison Schmit. (Avec la literie).

15 — Chaise-longue, fauteuil et chaise recouverts en soierie fond rose brochée à bouquets et guirlandes de fleurs ; de la maison Schmit.

16 — Toilette en noyer sculpté ouvrant dans le bas à deux portes pleines et deux tiroirs, dessus en marbre rouge surmonté d'une étagère et d'une glace biseautée. Style Louis XV, de la maison Schmit.

17 — Deux chaises légères en bois sculpté et laqué blanc et bleu, dossiers forme lyres ; dessus en peluche bleue. Style Louis XVI ; de la maison Schmit.

18 — Petit bureau de dame en noyer ; de la maison Schmit.

19 — Deux supports en noyer sculpté ; de la maison Schmit.

20 — Grand porte-manteaux et porte-parapluies en noyer sculpté, à fond de glace et garni dans le bas d'une jardinière ; de la maison Schmit.

21 — Deux supports en bambou.

22 — Bureau de dame en bois sculpté laqué blanc, rehaussé de dorure. Style Louis XVI; de la maison Schmit.

23 — Grande armoire ouvrant à deux portes et à un tiroir dans le bas en noyer sculpté, de la maison Schmit.

24 — Chambre à coucher en noyer sculpté et frisé à coquille, se composant d'une armoire à deux portes à glaces biseautées, d'un lit de milieu et d'une table de nuit.

25 — Chambre à coucher en noyer sculpté, se composant d'un lit de milieu, d'une armoire à glaces à trois portes, s'ouvrant de façon à former triptyque et d'une table de nuit, style Renaissance. Travail de la maison Epeaux.

26 — Petit bureau de dame en marqueterie de bois, orné de bronzes dorés, style Louis XVI.

27 — Quatre chaises en noyer sculpté et recouvertes en velours frappé fond vert, style Renaissance.

28 — Petit bureau de dame en marqueterie de bois de couleurs s'ouvrant à six tiroirs dans le bas, et à portes à coulisses dans le haut, orné de bronzes dorés, dessus en marbre vert veiné, style Louis XVI.

29 — Petite table à quatre pieds dessus en mosaïque et nacre.

30 — Table de baccarat recouverte en drap vert.

31 — Table en chêne ciré de style Louis XIII.

32 — Table à jeu en marqueterie de bois s'ouvrant des quatre angles, à pieds cannelés; elle est ornée de bronzes ciselés à feuillages et nœuds de rubans, style Louis XVI.

33 — Console en bois doré, dessin à guirlande de fleurs et feuillage et nœud de rubans, pieds cannelés, dessus de marbre blanc. Epoque Louis XVI.

34 — Commode en marqueterie de bois.

35 — Commode Louis XV, s'ouvrant à trois tiroirs, entrées de serrures et poignées en bronze doré.

36 — Grande pendule comtoise à décor oriental.

37 — Meuble d'angle à deux corps en bois de palissandre, formant vitrine dans le haut et s'ouvrant dans le bas à une porte.

38 — Secrétaire Louis XVI en bois de rose et palissandre, s'ouvrant à un abattant, orné de bronzes dorés, dessus marbre blanc veiné.

39 — Commode coiffeuse en noyer sculpté, s'ouvrant à trois tiroirs, dessus en marbre rose veiné et surmontée d'une glace, style Louis XV.

40 — Grande glace psyché, encadrement et montant en noyer sculpté.

41 — Commode demi-lune en acajou moucheté, s'ouvrant à trois tiroirs, dessus en marbre.

42 — Grande glace de style Louis XVI, cadre vert et or.

43 — Meuble de salon style Louis XIV en bois sculpté et doré, recouvert en soierie; il se compose d'un canapé, quatre fauteuils et deux chaises.

44 — Deux bois de canapés et huit bois de fauteuils sculptés à coquille, style Louis XIV.

45 — Ameublement de petit salon en noyer sculpté à cannelures, recouvert de soierie rose brochée à fleurs, de style Louis XVI ; il se compose d'un canapé, deux fauteuils et quatre chaises.

46 — Deux chaises légères en noyer sculpté de style Louis XV, recouvertes d'étoffe rouge.

47 — Support en bois sculpté, dessus en marbre veiné.

48 — Table en noyer de style Louis XV.

49 — Ameublement de salle à manger en noyer sculpté, composé : d'un buffet à deux corps à voussures et niches, une table et huit chaises recouvertes de cuir. Style Renaissance.

50 — Deux fauteuils et six chaises de style Louis XIII, recouverts en tapisserie au point, verdures, paysages et animaux.

51 — Piano électrique, automatique, avec rouleaux de musique.

52 — Piano en palissandre de la maison Erard.

53 — Porte-chapeaux en noyer ciré avec figures sculptées.

54 — Support en bois sculpté à pieds tors.

55 — Piano demi-queue de la maison Erard.

56 — Coffre à bois en cuivre repoussé.

57 — Petit guéridon rond en marqueterie de bois de couleurs, dessins à losanges et étoile.

58 — Petit bureau de dame moucharabie avec incrustations de nacre.

59 — Table en chêne à deux tiroirs.

60 — Commode en bois rose, dessus de marbre, style Louis XV, ornée de bronzes.

61 — Porte-chapeau en bois laqué crème garni de cuivre.

62 — Voiture d'enfant forme cab.

63 — Meuble à hauteur d'appui de forme bombée ornée de marqueterie à fleurs, ouvrant à une porte et garni de bronze, dessus en marbre.

64 — Table ouvrant à un tiroir de même travail.

64 *bis* — Table ouvrant à un tiroir en chêne sculpté, pieds tors.

65 — Fauteuil forme X en noyer sculpté, couvert en panne rouge avec galon. Style Renaissance.

66 — Fauteuil en noyer sculpté couvert en panne rouge avec galon. Style Renaissance.

67 — Deux chaises en noyer sculpté, dossiers à ogives fleuronnées. Style gothique.

68 — Table en bois sculpté style gothique.

69 — Meubles divers de fantaisie.

OBJETS D'ART

70 — Garniture de cheminée en bronze doré : pendule forme monument ornée de cariatides et une paire de candélabres. Style XVIIIe siècle.

71 — Buste en marbre : Rose de Mai, œuvre de Gustave Michel, sur socle marbre fleur de pêcher. Haut. : 0m80.

72 — Statuette en marbre blanc : Fleur de Printamps, œuvre de Gustave Michel. Haut. : 0m80.

73 — Grande jardinière en faïence fond marron à rehauts d'or, posant sur socle en bambou.

74 — Paire de vases à anses en porcelaine de Chine fond marron vermiculé d'or, décor à chimères en polychrome.

75 — Paire de vases en poterie du Japon, décor à médaillons de personnages réservés sur fond marron.

76 — Vase couvert en porcelaine de Chine fond jaune impérial, personnages et objets d'ameublement en relief.

77 — Jardinière en faience fond blanc, décor à fleurs et feuillage.

78 — Groupe de marquis et marquise en porcelaine de Saxe.

79 — Vase à anses en faïence genre oriental.

80-81 — Deux appareils d'éclairage au gaz à becs renversés en bronze doré.

82 — Garniture de cheminée : pendule et deux candélabres à cinq lumières en bronze doré et émail fond bleu.

83 — Paire de vases en poterie du Japon, décor à personnages.

84 — Pendule de style Louis XVI formée par une sphère surmontée d'amours en bronze, socle en marbre blanc et bronze doré.

85 — Paire de vases en bronze doré et patiné, anses formées por des dauphins sur socle en marbre blanc.

86 — Statuette en bronze : Le Mineur, signée Cardona, avec petite lampe électrique.

87 — Euterpe, statuette en bronze, de la maison Barbedienne.

88 — Statuette en marbre : L'Amour captif, signée Delavigne.

89 — Parsifal, statuette en bronze, signée Mullenbach.

90 — Brûle-parfums en bronze et émail cloisonné, couvercle surmonté d'un animal chimérique.

91 — Milieu de table en porcelaine de Saxe, formé par un groupe représentant les « Trois Grâces » soutenant une coupe ajourée.

92 — Deux statuettes en bronze patiné sur socle en marbre vert veiné.

93 — Statuette en marbre blanc : La Femme à la cruche sur socle en onyx, signée J. Decamps.

94 — Vasque en cuivre gravé.

95 — Jardinière en bronze à sujets en relief.

96 — Suspension en cuivre à neuf lumières, installée pour l'électricité.

97 — Paire de cache-pots en cuivre gravé et repoussé.

98 — Paire de vases en faïence de Delft à fond blanc, décor en bleu.

99 — Paire de lampes d'appliques en cuivre.

100 — Vase arabe en faïence décorée, à deux anses.

101 — Vase à fleurs en porcelaine décoré, médaillon à personnages.

102 — Pendule style de Boule en marqueterie de cuivre et écaille, ornée de bronzes dorés, de style Louis XV.

103 — Potiche en porcelaine de Chine fond blanc, décor en vert à oiseaux, branchages et feuillages.

104 — Potiche en porcelaine de Chine fond blanc décor en bleu à oiseaux et feuillages.

105 — Deux cache-pots fond vert clair à dessins variés.

106 — Grand brûle-parfum en Satzuma, décor à personnages, et reposant sur quatre pieds.

107 — Paire de vases en porcelaine fond vert clair à dessins dorés, monture en bronze.

108 — Groupe en bronze représentant une Baigneuse assise sur une chèvre, suivie d'un Amour, signé Kley.

109 — Statuette de femme en ivoire sculpté sur socle en albâtre.

110 — Statuette en ivoire sculpté représentant Marie de Bourgogne. sur socle en albâtre.

111 — Petit groupe en biscuit à personnages Louis XV.

112 — Petit porte-bouquet formé par un petit personnage appuyé contre un vase.

113 — Groupe en biscuit : La Vendangeuse.

114 — Paire de vases avec couvercles en porcelaine de Chine, décor bleu sur blanc.

115 — Deux vases rouleau de Chine, décor à personnages.

116 — Garniture de cinq pièces, décor en bleu sur blanc de Chine avec frises bronzées, fond craquelé.

117 — Deux vases de Chine décor en émaux de couleur dans le goût de la famille verte.

118 — Trois vases et deux cornets, décor à personnages en émaux de couleur de Chine.

119-120 — Deux jardinières de Chine, décor polychrome à médaillons.

121 — Brûle-parfum en grès émaillé polychrome, décor à personnages.

122 — Deux divinités en blanc de Chine.

123 — Deux magots en grès émaillé de Chine.

124 — Deux statuettes en porcelaine de Kutany.

125 — Grande soupière en métal argenté surmonté d'une pomme de pin.

126 — Trois réchauds en métal argenté.

127 — Groupe en grès émaillé de Chine.

128 — Coffret ancien bois sculpté et ivoire.

129 — Bouddha en ancien céladon vert de Chine.

130 — Potiche en porcelaine de Chine bleu sur blanc, à feuillages.

131 — Potiche en porcelaine de Chine bleu sur blanc, à personnages.

132 — Chimère en ancienne porcelaine de Chine.

133 — Bouddha en ancienne porcelaine de Chine polychrome.

134 — Deux statuettes, l'une assise, l'autre debout, en ancienne porcelaine de la Chine.

135 — Deux vases à décor bleu sur blanc.

136 — Boîte en laque contenant un jeu de sept plateaux.

137 — Bol en porcelaine de Chine fond noir et doré.

138 — Deux assiettes à dessins polychromes et caractères.

139 — Grande potiche couverte à dessin polychrome et doré.

140 — Grand vase à long col doré.

141 — Porte-fleur composé de trois vases en bronze émaillé.

142 — Aiguière en bronze émaillé.

143 — Jardinière carrée en bronze émaillé.

144 — Cassette en bronze émaillé : Vache.

145 — Grand vase à deux anses.

146 — Jardinière à trois pieds en bronze émaillé.

147 — Brûle-parfum avec couvercle.

148 — Petit flacon à essence en émail cloisonné.

149 — Théière en émail cloisonné.

150 — Cafetière, en émail cloisonné.

151 — Boîte à poudre, même travail.

152 — Deux bonbonnières rondes en émail cloisonné.

153 — Deux bonbonnières carrées, même genre.

154 — Deux petites boîtes à poudre, analogues.

155 — Quatre garde de sabres en fer ouvré.

156 — Trois colliers en améthyste.

157 — Six netskés en ivoire.

158 — Quatre Bouddhas en ivoire sur poisson.

159 — Statuette en ivoire : Porteur de fruits.

160 — Deux statuettes de femmes avec bouquets.

161 — Sujet assis sur un fagot de bois en ivoire.

162 — Quatre sujets en morse. Travail japonais.

163 — Garniture de cheminée Empire en bronze doré, composée d'une pendule ciselée à feuilles de lauriers et palmettes avec statuette d'empereur romain et de deux flambeaux.

ÉVENTAILS, ARGENTERIE

MINIATURES

164 à 169 — Six éventails anciens, feuilles à sujets champêtres, montures en nacre rehaussées d'or.

170 à 179 — Suite de dix-neuf éventails de diverses époques à sujets variés, monture os et ivoire relevées d'or.

180 à 190 — Onze éventails style Premier Empire feuilles à sujets variés et broderies à paillettes.

191 — Eventail peint sur ivoire, décor vernis Martin, représentant d'un côté les divertissements champêtres et de l'autre, la Causerie dans le parc, montants à petits médaillons, figures et fleurs, style XVIIIe siècle.

192 — Eventail minuscule feuille représentant une scène, d'après Watteau, monture en corne laquée d'or, style Louis XV.

193 — Eventail miniature feuille représentant une scène champêtre, monture en os rehaussé d'or, style XVIIIe siècle.

194 — Bonbonnière en vernis Martin, intérieur écaille, ornée dessus d'une miniature sur ivoire : portrait de Bonaparte, dessous une peinture Scène d'intérieur.

195-196 — Deux grandes figurines de Japonais en morse finement sculpté.

197-198 — Deux groupes de personnages japonais occupés à des travaux manuels en morse.

199-200 — Deux statuettes japonaises sculptées sur morse.

201 à 203 — Trois petits groupes, personnages occupés à des travaux divers, sculpture sur morse.

204 — Service à thé et à café en argent ciselé à rinceaux, rocailles et guirlandes ; il se compose d'une théière, d'une cafetière, d'un sucrier et d'un pot à lait. Style Louis XV.

205 — Douze cuillers à café en argent, décor à paniers fleuris, feuillages et nœuds de rubans.

206 — Paire de ciseaux à raisin en argent de style Louis XV.

207 — Pince à sucre en argent.

208 — Paire de coquetiers avec cuillers à œufs en argent, de style Louis XV.

209 — Trois petits gobelets à liqueurs en argent.

210 — Deux petits vases porte-cure-dents en argent.

211 — Douze petites tasses à liqueurs en argent ciselé à godrons, avec anses. Style Louis XV.

212 — Montre en argent guilloché avec sa chaîne et sa châtelaine.

213 — Petite boîte à allumettes en nacre avec écusson en or.

214 — Montre or Louis XV ornée de pierreries.

215 — Deux timbales forme tonnelets et deux ronds de serviettes en argent ciselé avec frises à feuillages.

216 — Couteau forme faucille et pelle à glace en argent ciselé à fleurettes, manches guillochés.

217 — Plat long de forme ovale en argent ciselé à rinceaux et fleurettes, style Louis XV.

218 — Petit plateau rectangulaire en argent, à bords ciselés, style Louis XVI.

219 — Plateau en argent ciselé de forme rectangulaire à deux anses, avec monogramme au centre, style Louis XVI.

220 — Chocolatière en argent ciselé à guirlandes de feuillages et de fleurs et nœuds de rubans, style Louis XVI.

221 — Miniature représentant une Jeune fille, signée Rossi, cadre en bronze doré.

222 — Petit bas-relief en ivoire : Les Mouettes.

223 — Miniature : Portrait de femme à cheveux bouclés et corsage vert.

224 — Miniature : Portrait de Louis XV enfant; cadre en velours et bronzes.

225 — Miniature représentant une jeune femme à cheveux blonds, le corsage décolleté et garni de roses.

226 à 231 — Cinq miniatures sur ivoire : portraits de dames, école française.

TAPISSERIES — TENTURES

TAPIS

232 — Tapisserie d'Aubusson, composition d'après Oudry : Grands oiseaux aux plumages multicolores dans un paysage à la Pagode. Bordure à fleurs, XIXe siècle.

233 — Suite de quatre panneaux en tapisserie d'Aubusson, à grands personnages représentant : le Printemps, l'Eté, l'Automne et l'Hiver.

234 — Deux panneaux en tapisserie d'Aubusson représentant des scènes galantes.

235 — Cantonnière en tapisserie d'Aubusson, décor à bouquets de fleurs.

236 — Portière en tapisserie d'Aubusson de style Empire représentant un aigle planant au-dessus de diverses armures, encadrement à fleurs et plantes.

237 — Tapis d'Orient fond clair, dessin à médaillon central et bordure polychrome.

238 — Petite étole garnie de zibeline de la maison Laferrière.

239 — Grand tapis d'Orient fond bleu clair à grands encadrements et dessins de couleurs.

240 — Grand tapis de Perse fond rouge, à ornements variés.

241 — Petite carpette d'Orient fond rouge à encadrements et dessins polychromes.

242 — Petit tapis de prière fond rouge brodé en soie.

243 — Carpette à fond rouge et vert clair à dessins variés dans les angles.

244 — Tapis moquette fond vert, dessin à feuillages et couronnes de fleurs.

243 à 247 — Trois tapis de salon, salle à manger, grande galerie, en moquette rouge.

248 — Carpette fond rouge, dessin à fleurs et feuillages.

249 — Grand store en toile garni d'entre-deux.

250 — Couvre-lit en laine et satin rose piqué.

251 — Dessus de lit en dentelle ornée d'applications.

252 — Ciel-de-lit et draperies en soierie fond rose, accompagnant la chambre à coucher; de la maison Schmit.

253 — Deux paires de rideaux en soierie rose, accompagnant la chambre à coucher; de la maison Schmit.

254 — Dessus de table en satin vert brodé de soie à chimères. Travail chinois.

255 — Deux paires de rideaux et grande portière en velours de lin vert.

TABLEAUX

256 — GALOFRÉ. Pêcheurs au bord de la mer.

257 — LAGUÉPIE. Fermière distribuant le grain à des poules.

258 — OCHOA. Portrait de femme vue debout en riche toilette rose et blanche.

259 — ROSSI. Jeune femme à l'ombrelle en promenade.

260 — ÉCOLE ANCIENNE. Portrait de femme en corsage vert et haute collerette, la tête coiffée d'un toquet noir à plumes blanches.

261 — ÉCOLE ANCIENNE. La Vierge et l'Enfant.

262 — ÉCOLE de 1830. Rocher au bord d'une rivière.

263 — ÉCOLE FRANÇAISE. Portrait de femme en robe rose et satin blanc, le corsage largement décolleté et tenant de la main gauche un panier rempli de fleurs.

264 — ÉCOLE FRANÇAISE. Portrait de femme Louis XV en corsage décolleté.

265 — ÉCOLE FRANÇAISE XVIIIe SIÈCLE. Portrait de jeune homme en armure, cadre bois sculpté et doré.

266 — ÉCOLE MODERNE. Les Laboureurs.

267 — Tableaux et objets omis.

www.ingramcontent.com/pod-product-compliance
Ingram Content Group UK Ltd.
Pitfield, Milton Keynes, MK11 3LW, UK
UKHW020514180726
13839UKWH00005B/2070